©Copyright 2023 - Aldy Carvalho
Todos os direitos desta edição reservados à Editora Nova Alexandria

Editora Nova Alexandria
Rua Engenheiro Sampaio Coelho, 111
CEP 04261-080 - São Paulo/SP
Fone/fax: (11) 2215-6252
Site: www.editoranovaalexandria.com.br

Textos: Aldy Carvalho
Ilustrações: Rafael Limaverde
Projeto Gráfico e Capa: Mauricio Mallet Art & Design
Revisão: João Gomes de Sá
Coordenação Editorial: Rosa Maria Zuccherato

Dados Internacionais de Catalogação na Publicação (CIP)

Carvalho, Aldy
   O Cavaleiro das Léguas: romance catingueiro / Aldy Carvalho; Ilustração de Rafael Limaverde. - São Paulo: Nova Alexandria, 2023.
   32 p.

ISBN: 978-65-86189-00-1

1. Literatura infantojuvenil

16-1111   CDD 011.5

Índices para catálogo sistemático:
1. Literatura infanto-juvenil

Aldy Carvalho

O Cavaleiro das Léguas

→ Romance Catingueiro →

Ilustração de Rafael Limaverde

NOVALEXANDRIA

1ª Edição – São Paulo – 2023

Para:
> Lenir Sá do Vale Carvalho;
> Minha mãe, Maria de Jesus Carvalho *in memoriam*;
> Madrinha "Dondona" Maria Panta, do reino da Pedra Grande *in memoriam*;
> Giseli Clarisse Codjaian.

Porque o amor ajunta, de amor se rega a vida.

Apresentação

No limite entre o conto maravilhoso e a fábula, *O Cavaleiro das léguas* é um adensamento dos temas e tropos mais antigos da literatura mundial, em que as gestas cavalheirescas, os ritos de sagração e a busca do sentido último da existência humana se apresentam na unidade entre Eros e Psiqué, constituída no encontro entre o cavaleiro e a donzela prometida.

Aldy Carvalho atualiza o tema colocando a própria dama, agora, como prova definitiva a ser enfrentada pelo cavaleiro, e a quem ele deve dar mostras de seu valor e merecimento, já que é a vontade dela que deve permanecer como condição para que a unidade se efetive. E, se é um conto de encantamento, "O Cavaleiro das léguas" é também uma alegoria ética, metáfora tanto da unidade e do equilíbrio do indivíduo, reconectado com sua energia psíquica feminina, quanto do equilíbrio do mundo, reconectado à justiça.

Dentro de fôrmas arcaicas, o "Cavaleiro das léguas" combate as formas arcaicas de vida, de modo que as virtudes cavalheirescas já não se contam mais em batalhas e torneios contra outro oponente, mas no combate de vida ou morte contra o reducionismo que a vida cotidiana engendra, rebaixando o Ser em face de seu descrédito tanto no amor quanto nos valores mais elevados da espécie humana.

Esse belo poema, lindamente musicado pelo autor, abre-se para uma infinidade de leituras. Mas, o encaixe entre *anima* e *animus*, entre o feminino e o masculino, é, sem dúvida, o auge do poema e também sua chave. De fato, ao dar voz ao feminino, o poeta submete seu herói à prova mais difícil de todas, a da dignidade diante do sinal de reconhecimento místico revelado em sonho a ela e somente a ela. É tanto um poema sobre o encontro entre amante e amada, entre o que busca a justiça e ela mesma, quanto o encontro do poeta com a poesia. Sob qualquer leitura, o Amor é a força *"que move o sol e outras estrelas"*.

Move-o, em sua direção, um apelo cuja origem ignoramos, mas pressentimos. Apelo efetivo, no entanto, inexorável até, ao qual ele se submete: é aceitar o combate ou cair no vazio existencial e de sentido ausente. Jornada para o alto, na espiral ascendente em direção à iluminação, *O cavaleiro das léguas* é o percurso da espiritualização do amor e, portanto, do amante/amado, que não nasce, mas se torna na medida em que se depura. Aldy Carvalho sacraliza o mundo ao divinizar o melhor do humano.

Ely Veríssimo
Educador e Ensaísta

Aldy Carvalho

O Cavaleiro das Léguas

Romance Catingueiro

Ilustração de Rafael Limaverde

(O Aedo)
Você com certeza ouviu
Alguém por certo dizer
Que nada vem por acaso
Tudo tem seu proceder
Para bom entendedor
Pingo é risco, pode crer.

A vida é feita em pedaços
Aos poucos vamos colando
A recolagem nos doi
E dá trabalho ir montando
Em busca da completude
É que seguimos tentando.

Mas há quem diga que a vida
É só um brinquedo à toa
Para que se preocupar?
Isso é o que nos aguilhoa
Deixemos a vida fluir
Da vida não se caçoa.

O Cavaleiro das Léguas

O encontro de duas almas
Tem mesmo lá seus mistérios
É soberano o destino
Tem seus caprichos, impérios
Mesmo as vias tortuosas
Seguem por rijos critérios.

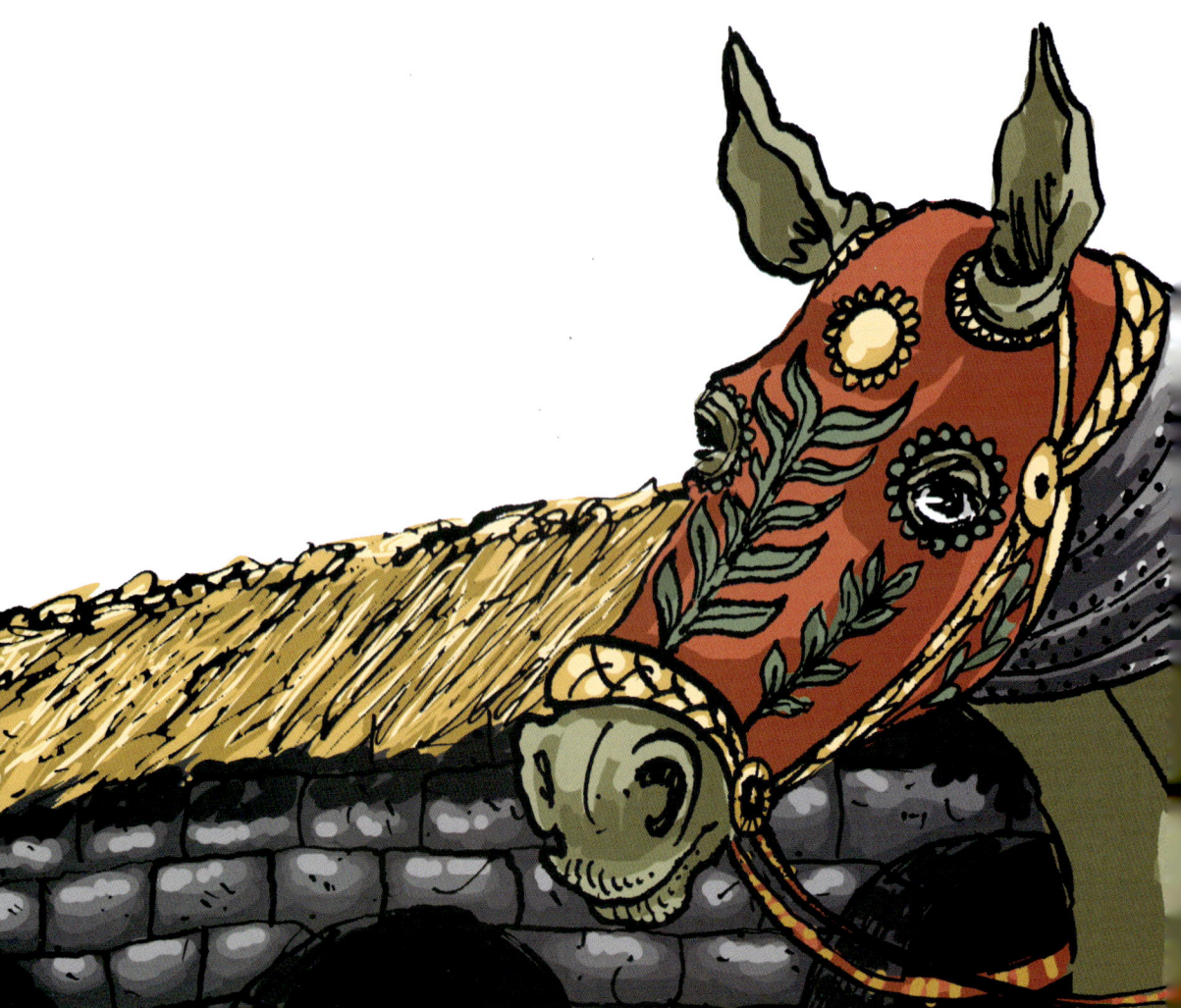

O Cavaleiro das Léguas

Quem uniu valete e dama?
O cavaleiro e a donzela?
Quando que ambos souberam
Quem lhes diz, quem lhes revela?
Do laço que os unirá
Ela era dele e ele dela.

O romance de dois jovens
Que a sorte quis abraçar
Um do outro longe, léguas
Que não sei nem precisar
Se quis assim o destino
Ousaria alguém negar?

O Cavaleiro das Léguas

Números misteriosos
Fazem parte desse enredo
Os astros alinhavaram
Em priscas eras, mais cedo
A bela história de amor
Talvez pedindo segredo

O Cavaleiro das Léguas

Tem magia, tem ciência
Mas disso não sei falar
Se foi somente o destino
Já não posso duvidar
MaKtub! Estava escrito
Eles iam se encontrar.

Um certo dia, faz tempo
Um cavaleiro andante
Propõe-se a novas batalhas
Decidido e confiante
Sonha encontrar seu amor
Num reino muito distante.

O Cavaleiro das Léguas

Despojado de amarguras
E montado em seu corcel
Liberto e de bons costumes
Sua espada é seu cinzel
Buscador do belo e justo
Aos bons princípios fiel.

Resolve então cavalgar
Seguir sua intuição
Na certeza de encontrar
Em tempo certo e razão
Sinal claro desse amor
Que lhe abrasa o coração.

O sol nem tinha acordado
Quando o nobre cavaleiro
Pôs-se na estrada ao encontro
Do destino alvissareiro
Ia ornado da coragem
Que se espera dum guerreiro.

O Cavaleiro das Léguas

Também em terras longínquas
Uma donzela sonhava
E sem consultar oráculo
Seu coração palpitava
Contando os sóis e as luas
Ansiosa ela esperava.

O Cavaleiro das Léguas

Eu passo a contar agora
O resumo dessa saga
E que o leitor compreenda
Que quando o destino afaga
Sendo o amor verdadeiro
A chama nunca se apaga.

No sem fim do São Francisco
No sertão, longe do mar
Estela guarda um segredo
Com senha de adivinhar.
Guarda-se, guarda um tesouro
Pr'aquele que vai chegar.

O Cavaleiro das Léguas

No reino da Pedra Grande
Enredada em pensamentos
Que ele vem, ele virá
Resgatá-la dos tormentos
Será sua prometida
Dona dos seus sentimentos.

(Donzela)
De onde vem o cavaleiro
De que terras faz chegada
Será mesmo quem espero
Nos meus sonhos faz morada?

(Cavaleiro)
Venho vindo muitas léguas
Pra sentir teu coração
Se por mim também palpita,
Se é de vera ou ilusão.
Trago a minha espada nua
Para pôr em tua mão.

(Donzela)
Oh! Me diga o cavaleiro
Como foi que aqui chegou
E de mim, o que é que sabe
No meu reino, como entrou.

O Cavaleiro das Léguas

(Cavaleiro)
Vim no sussurro do vento
Sete-Estrelo foi meu guia
Pela vereda dos bodes
Que é estrada que alumia.

O Cavaleiro das Léguas

(Donzela)
Que batalhas enfrentaste
Pra merecer meu tesouro
O que tenho pra te dar
Vale mais que a prata e o ouro.

O Cavaleiro das Léguas

(Cavaleiro)
Todas que um cavaleiro
Por amor deve enfrentar
Foram tantas as batalhas
Que nem as posso contar.

(Donzela)
Se assim é pode passar
Eu serei a tua amada
Também contigo sonhava
Com a tua clara chegada.

(Donzela e Cavaleiro)
Foi o amor que nos uniu
Nada vai nos dividir,
E se a dor ou a tristeza
Um dia nos atingir
Estaremos sempre juntos
Até a luz se extinguir.

Foi o amor que nos uniu
Nada vai nos dividir,
Estaremos sempre juntos
Até a luz se extinguir.

FIM

Biografias

Olá, sou ALDY CARVALHO e também sou poeta, CANTADOR, escritor, compositor e violonista. Nasci em Petrolina, no sertão de Pernambuco. Minha arte mescla, de maneira peculiar o meu universo de origem: o Nordeste.

Meu trabalho de compositor e cantador é povoado de xotes, baiões, toadas, martelos, emboladas e cantigas de roda. Desde muito cedo, eu me reunia com os amigos na calçada, no terreiro, no alpendre, para a contação de histórias, de causos de assombração, de anedotas e de advinhas. Minha discografia é composta dos álbuns *Redemoinho, Alforje, Cantos d'Algibeira, SerTão Andante e Tempo-menino*. Participei, ainda, da obra *Espelho d'água* do cantador Décio Marques. Compus música original para o documentário *Memórias da boca* (São Paulo, 2015) e para o filme *Cantigas: o Sertão e suas danças*, do diretor Luciano Peixinho (Petrolina/PE, 2019). Em minha obra literária, destacam-se os livros de contos *Memórias de Alforje: 5 Contos do Cantador* (Multifoco, 2018), *Via-Sacra: o caminho da luz – em cordel*, em parceria com o poeta João Gomes de Sá (Nova Alexandria, 2019) e o livro infantil *A preá e a cobra* (Baleia Livros, 2022).

Você me encontra em:
www.aldycarvalho.blogspot.com
www.facebook.com/aldy.carvalho

Biografias

Nascido em Belém/PA, mora em Fortaleza/CE há 38 anos. Iniciou sua carreira como ilustrador em jornal. Formado em Artes Visuais pelo Instituto Federal do Ceará (IFCE), é xilogravurista, grafiteiro e artista visual. Possui mais de 40 livros ilustrado em diversas editoras do país. É um dos organizadores do "Festival de Ilustração de Fortaleza", evento realizado dentro da Bienal do Livro do Ceará. Possui trabalhos também como curador e documentarista.

Bom, espero que gostem da leitura e se quiserem conhecer um pouco mais dos meus rabiscos, acessem aqui:

www.facebook.com/ilustrasrafael

O Cavaleiro das Léguas

O *Cavaleiro das Léguas* poderia ser uma canção de gesta, ou seja, um poema narrativo centrado na figura de um herói que se engaja num combate ou numa guerra. Exemplo maior desse gênero é *A Canção de Rolando*, a primeira obra em língua francesa, composta no século XII por um autor do qual a história só conservou o nome: Turold. Poderia ser, mas não é. Poderia ser também um poema lírico, já que boa parte da história é composta de diálogos, como numa peça, um auto, uma cantiga, em que o eu lírico se divide até que, finalmente, se junta, já que o objetivo do amor, carnal mas também espiritual, é fundir dois corações em um só. Esta é a fórmula que nos legou Marie de France, também francesa, que, escrevendo também no século XII, fixou-a no *Lai da Madressilva*, um dos episódios da história de Tristão e Isolda. *O Cavaleiro das Léguas* também não é um poema lírico.

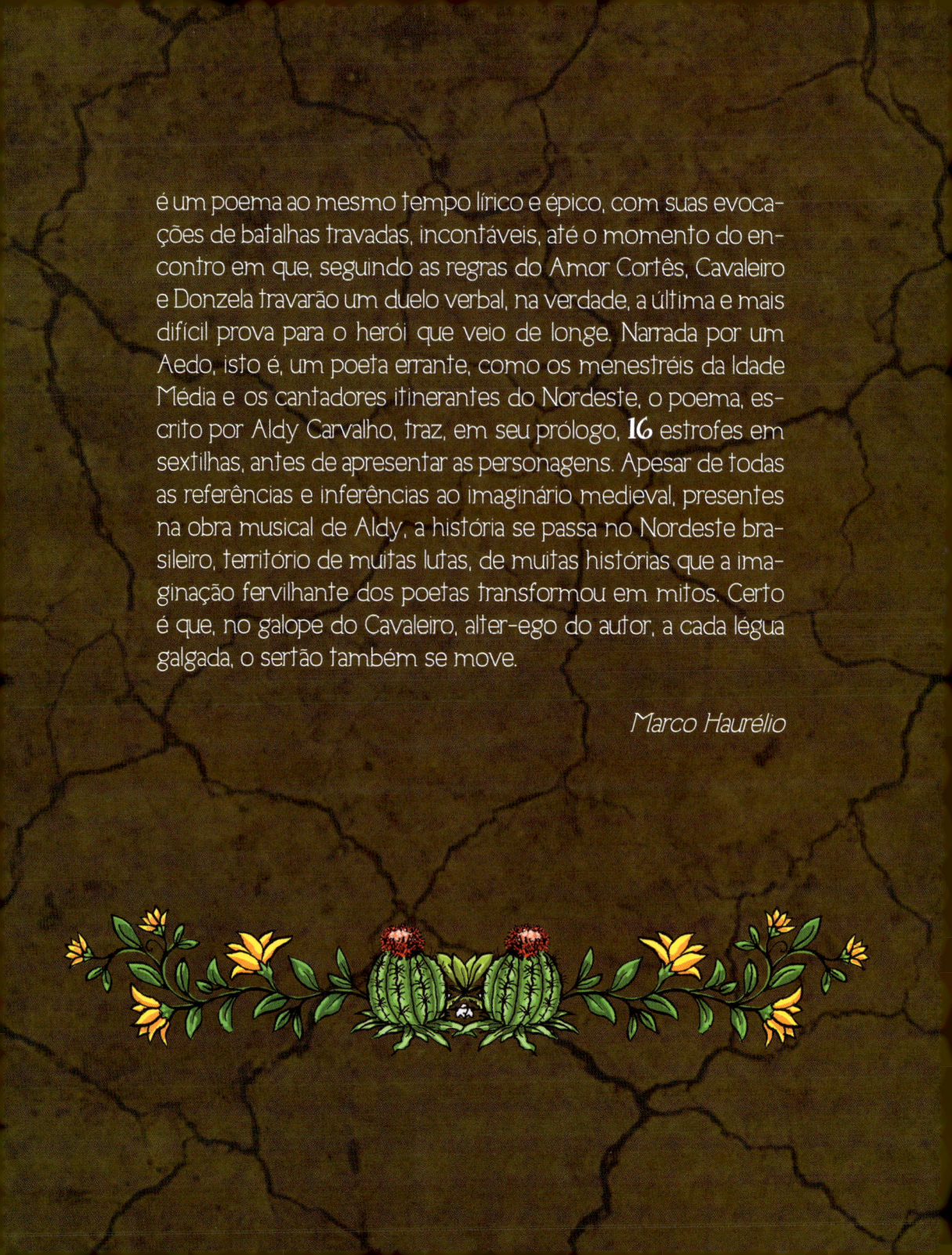

é um poema ao mesmo tempo lírico e épico, com suas evocações de batalhas travadas, incontáveis, até o momento do encontro em que, seguindo as regras do Amor Cortês, Cavaleiro e Donzela travarão um duelo verbal, na verdade, a última e mais difícil prova para o herói que veio de longe. Narrada por um Aedo, isto é, um poeta errante, como os menestréis da Idade Média e os cantadores itinerantes do Nordeste, o poema, escrito por Aldy Carvalho, traz, em seu prólogo, 16 estrofes em sextilhas, antes de apresentar as personagens. Apesar de todas as referências e inferências ao imaginário medieval, presentes na obra musical de Aldy, a história se passa no Nordeste brasileiro, território de muitas lutas, de muitas histórias que a imaginação fervilhante dos poetas transformou em mitos. Certo é que, no galope do Cavaleiro, alter-ego do autor, a cada légua galgada, o sertão também se move.

Marco Haurélio

O Cavaleiro das Léguas
~ Romance Catingueiro ~

Aldy Carvalho

O cavaleiro: *Aldy Carvalho*
A donzela: *Zélia Grajaú*
(Participação especial)
Violão, concepção de
arranjo: *Aldy Carvalho*
Violinos: *Bá*
Violoncelo:
Stefanie Guida Müller
Flauta: *Cléo Santos*
Baixo acústico: *Tapioca*
Pandeirola: *Valter Poli*
Arranjos: *Tony Marshall*

O poema deste livro está musicado e pode ser acessado por meio do *link* abaixo ou do QR Code ao lado
https://open.spotify.com/track/6SG8IU6vYfgAgbwHPgC8gI?si=D3RpLujOQcmSy6_r6fAJBQ